JN098951

日　々　未　来

Hibi Mirai
Minami Jyunikoku

南十二国句集

ふらんす堂

序

南十二国という名の若者がはたして実在するのか心配した時期があった。十二国さんの俳句を「鷹」の投句で見るようになったのは、藤田湘子先生が世を去り、私が「鷹」の主宰になって一年後の二〇〇六年春からだ。太いペンで書く丸っこい字が特徴的な新潟在住の二十六歳（と年齢欄に書いてあった）の若者は、ひとりぼっちで俳句を作っているのか最初は試行錯誤が続いたが、一年もすると発想と言葉のバランスがとれて、俄然目を引く句を見せ始める。

雀とぶ平凡いとし初茜
春の空言葉は歌になりたがり
ひとしきり道濡らし春ゆきにけり
わが裸鏡に映る素朴なり

その後の作品に比べればずいぶんナイーブではあるが、そのナイーブさもまた新鮮だった。私は彼をその年の鷹新人賞に選んだ。

ところが私は、新人賞に決めた彼に一度も会ったことがなく、声すら聞いていない。鷹新人賞には四十歳未満という年齢条件があるが、もしや若者に成りすましたベテラン作者ではあるまいか。そう訝ると「南十二国」という名前も架空の人っぽい。新人賞を与えて大丈夫なのだろうか。

それから程なく、新人賞の発表号に載せる彼の写真が届いて、どうやらちゃんと実在するようだと胸を撫で下ろす。写真の十二国さんは、地方で働きながら文学を志す純真で意志の強そうな若者の顔をしていた。

それからの十二国さんの俳句は、私の予想を大きく越えて進歩を続けた。

人類を地球はゆるし鰯雲
暖かし耳を模様と想ふとき
集まつてだんだん蟻の力濃し
虫の音のふるへころがりはづみけり

脳みそに従ふからだ蟻つまむ
木犀や恋のはじめの丁寧語
美しといふ語美し夕焼雲
雨のよさ言ひあひ初夏の林行く
春光や「深っ！」と少女谿覗く
水たまりわっしゃんと踏み割れば夏

私を驚かし続けた俳句の数々から、取りあえず十句引いてみた。言葉は平明で難しいことは何も言っていない。けれども、俳句が初めて世界と出会ったような新鮮な瞬間が、それぞれの句に刻みつけられていると感じる。それはもとより、彼が俳句を通して見たこの世界自体がこのうえなく新鮮だからだろう。

十二国さんの俳句は、早くから鷹の枠を越えて知られるようになった。若手俳人のアンソロジーである『俳コレ』（二〇一一年）と『天の川銀河発電所』（二〇一七年）に入集し、多彩な若手俳人たちの中でもユニークな存在感を発揮している。『天の川銀河発電所』の編者である佐藤文香氏は、『俳コレ』で神野紗希氏が夙に注目して鑑賞文に引いた〈ロボットも博士を愛し春の草〉と〈たんぽぽに小さき虻ゐる頑張らう〉を再掲し、「十二国俳句は〝そぼかわ〟。素朴でかわいいことです」と紹介している。確かに素朴でかわいいという特徴は、彼の登場をあざやかに印象づけた。そして、この〝そぼかわ〟は今も健在だ。

しかしながら、十二国さんは机上で夢見る人ではない。現場を回り、身体を動かして日々働く人である。俳句を作るのは車の運転席かトイレの個室だと言う。彼の俳句は時と場所を選ばずに浮かんだり消えたりする。現場で俳句ができてしまったら懸命に記憶し、休憩時間にガラケーに書き留める。

越後はも泥のにほひの風薫る
また使ふからだ横たへ三尺寝

飯食へばてのひら熱し冬の山
家事了へし女に逢ひぬ冬の月
遊んでゐる奴には負けぬ蛾を払ふ

こうした句に見る生身の男の実感もまた十二国さんのもの。そして、彼にとっては、純真さも男くささもどちらも嘘偽りのない自分自身なのだ。

俳句に打ち込む十二国さんの姿は、私にはジム・ジャームッシュ監督の映画『パターソン』の主人公に重なって見える。舞台はニュージャージー州のパターソン市で主人公の若者の名もパターソン。バスの運転手の彼は、美しい妻と穏やかに暮らしている。

パターソンは詩を書く。頭の中で言葉を連ね、バスのハンドルにノートを置いて書きつける。妻はその詩を世に出そうと勧めるがパターソンはなかなか腰を上げない。ところが、二人が映画を見に出かけたある夜、飼っているブルドッグがパターソンのノートを嚙みちぎってぼろぼろの紙屑にしてしまう。慰める妻に彼は「いいんだ、ただの言葉さ、いつかは消える」と言う。パターソンの一週間が坦々と綴られただけの映画だが私は好きだ。

十二国さんの句集を待望する人は多かった。私もその一人だが、彼自身は関心を示さなかった。パターソンにとっても、十二国さんにとっても、自分が世界に触れた瞬間、そしてそれを言葉にすることのできた瞬間こそが幸福なのだろう。

私たちにとって幸いなことに、強く後押しする人が現れて、ついに十二国さんの句集が世に出る運びとなった。私たちはこの句集を通して、彼の幸福を追体験し、いつまでも共有することができる。

ノートを失ったパターソンは、恋人に捨てられた友人に道で出会う。友人は言う。「何があっても、日は昇り、また沈む。毎日が新しい日」。

十二国さんがこの句集に自ら与えた『日々未来』はとてもいい名前だと思う。

令和五年六月

小川軽舟

目次

装画：ひめのダイヤ「青い飛躍　赤い挑戦」

句集　日々未来

南十二国

Ⅰ 博士

二〇〇七年〜二〇〇八年

日の昇るまへの青空初氷

雀とぶ平凡いとし初茜

春の空言葉は歌になりたがり

ひとしきり道濡らし春ゆきにけり

蟇おまへにおれはどう見ゆる

目のまへの皮脱ぐ竹や漱

巣立鳥とどろく水に遇ひにけり

鏡みな現在映す日の盛

わが裸鏡に映る素朴なり
夏の暮タイムマシンのあれば乗る

人類を地球はゆるし鰯雲

田のうへの空たひらなり秋祭

猿はまだ火を使へざるしぐれかな

日没はいづこの日の出かいつぶり

凍星や地上にわれのゐる時間

春の空早くあしたへ行きたしよ

暖かし耳を模様と想ふとき
本開けて字のまぶしがる木の芽かな

浅ければ川いそがしや犬ふぐり

野は町にわすられてゐる菫かな

ロボットも博士を愛し春の草

春の虹神からわれは見えてゐる

何食はむからだに問ひぬ春の暮

なにもなきゆふぐれの道春惜しむ

筍や発想いまだ出尽さず

よき山はよき川育て行々子

太古より星は渦巻かたつむり

遺跡ふと未来に似たり南風

ひらひらとましろき蹠水眼鏡
あかるさに脚あそびゐる浮輪かな

海岸の岩嗅ぐ孤独夏逝くも

ランボオの旅を思へば海の雷

流星や椰子の孤島に暮らす夢

トンネルを出ればまつ白暖房車

裸木や壁にくわつと美女の貌

鵙私のはうが息長し

孤独から言葉はうまれ寒昴

Ⅱ　頑張らう

二〇〇九年〜二〇一〇年

暖かし寄目をすれば鼻が見ゆ
たんぽぽに小さき虻ゐる頑張らう

十年後町は何色チューリップ
ふぶくたび桜の時間減りにけり

水底の小石に朝日鳥の恋
ぐらぐらとゆれゐる落暉蜷歩む

あめんばうとぷんと小石沈みけり

越後はも泥のにほひの風薫る

朝の野に壁なすひかりほととぎす
どろどろと天冥くなる牡丹かな

集まつてだんだん蟻の力濃し

ででむしの腹ゆゆゆゆと動きけり

金魚鉢巨いなるわが顔がある

水母らと母なるゆらぎ共にせり

底に手のゆらりと触るプールかな

また使ふからだ横たへ三尺寝

日に焼けて皆働ける地球かな

家だらけにんげんだらけ西日差す

足の甲鰍が越えてゆきにけり

ねむるとき手に手が触れぬ星祭

使はるる道は古びず竹の春

芋の露大きくのびて零れけり

掌を使ふけものはやさし木の実熟る

秋風は大魚のやうにゆきにけり

枯芝にからだつかつて遊びをり

雲割れておほきなひかり浮寝鳥

雪達磨星座のけもの聳えけり

関東の畠は広し暖房車

骨片のごとき太陽霾れり

うるうると渦巻くところ水温む

波のびて人なつこしや桜貝

日本にはふるさと多し桃の花

奔放な古典の恋や百千鳥

故郷にて働くもよし山笑ふ

紐解くやうに蝶々あそびをり
春の鮒ぽゆんと水面ゆらしけり

重機みな途中のかたち暮れかぬる
明日もまた暖かならむ海の音

夜桜や男の部屋に男来る

睡りても脳のはたらく朧かな

暮れそむる空の瑠璃光ほととぎす

マザー・テレサの掌は熱からむ百日紅

古事記より聖書はまじめゑのこぐさ

朝顔や旅終へてまた働く日

虫の音のふるへころがりはづみけり

寝て癒やすからだの傷や天の川

市振の海碧なるしぐれかな

冬星やぬすみ得ぬものうつくしき

冬蠅のちちんぷいぷい飛びにけり

Ⅲ　明日のため

二〇一一年〜二〇一二年

蝶ふたつはやくちことば言ふごとし

犀がすき戦車はきらひ春の草

脳みそに従ふからだ蟻つまむ

邪魔だよとちひさく言へば蠅発てり

駅前の現世混みあふ夏夕

両岸の旅館灯りし河鹿かな

まなぶ子どもはたらく子ども鱗雲

コスモスや両腕に猫抱きあふれ

かたづけて棚のあかるき小鳥かな

わが歩みやはらかなれば木の実降る

椋鳥の塊伸びてすすみけり
あをくなりやがてまつくら秋の暮

秋灯はばたくごとく点りけり

帰らむか大きくながく星流る

朝の橋遠くのひとの息白し

枯草のさわらさわらと触れあへり

かいつぶり旭が全部かほを出す

枯山や田はあふむけにひろごれり

息白き「おはよ」と「おはよ」ならびけり

てのひらのよろこんでゐる寒さかな

あをぞらはおほきなゐがほ雪達磨

靴屋閉り本屋まだ開く冬木かな

頭蓋骨支ふる首や冬銀河

冬帽や蒼き夜明の町を発つ

太陽は闇を押しあげ厚氷
飛行機雲先端すすむつららかな

けむり噴くロードカッター寒旱

町並をのせたる大地春を待つ

気の合へる犬と芝生に日脚伸ぶ
足も靴もたがひをおぼえ暖かし

雪消えし村におほきな日暮来ぬ

家々に水ゆきわたり春夕

道に出て風の甘しよ春の星

明日のため今日とわかれぬ春の星

囀や朝のくちびるやはらかき

水の星に住みて水飲む木の芽かな

見えてゐる地球はたひら雲雀啼く

脚たちは波をからかひ夏

隣

嘴のひらきつぱなし鴉の子

雨粒のみなげんきなりあめんばう

着膨れて新宿に立つ夜明かな

一日に朝日はひとつ暖房車

飯食へばてのひら熱し冬の山

死ぬるは死に眠るは眠り山に雪

Ⅳ 時計

二〇一三年～二〇一五年

蓬生ひちからいつぱいぬれてゐる

手を出せば雨の来てゐし柳かな

クレーン聳つ街未完なり春の雲

大木をあふぐやすけさ夏立てり

ふるさとの風若がへる田植かな

樹はおのがそよぎを聴くや夏の雲

切株のあかるき楕円秋めきぬ
かぐはしくひろごる朝日稲の花

初秋や海はすなほに船航かす

死はとほくまばゆきとびら秋茜

木犀や恋のはじめの丁寧語
どんぐりに空正直な青さかな

田の霧に朝日の黄金ひろごれり
野に聳えたつオリオンの孤独美し

老犬に主似てきし小春かな

冬晴や水のうへなるひかりの香

泥鰌皆泥にねむれるみぞれかな

昼夜なき宇宙空間神の旅

枯山に虹爛々と懸かりけり

星空はおほきな時計山眠る

酔へば灯のすべてが恋し十二月

母がわれを授かりし夜の寒昴

言葉知り心育ちぬ桃の花

菜の花や若き夫婦に夜が来る

かなたまでゆふぞら映る早苗かな

すぐをはるトンネル愉し夏の海

葦切や宿のやすけき畳の香

蟹がゐてだれのものでもなき世界

美しといふ語美し夕焼雲

落葉踏みいまはことばのいらぬとき

家事了へし女に逢ひぬ冬の月

からまつは縦に美し初茜

初電車谷に朝日の差し入りぬ
わらわらと白鳥降りし田の面かな

獰猛に吹雪は行く手搔き消しぬ

玄関のにほひ春めく夕かな

嘴をもたぬさみしさ干潟行く

死が甘く誘ふ夜のあり栗の花

見ゆる音聴こゆる光葦青し
ゆれてゐる水の涼しきバケツかな

秒針は律儀にすすみ秋めきぬ

枯山が闇にぬりつぶされてゐる

寒林は読まるるを待つ詩のごとし

冬星の燃えひろがりて更けにけり

V

一日づつ

二〇一六年～二〇一七年

来た来たと囃され初日出でにけり

粥占や湯気のかたまり抱へ上ぐ

粥占の素足に草履雪を踏む

粥占の筒やいづこの河の葦

粥占の粥まみれなるもの削げる

立春や歯ブラシに丶《ちゆ》と歯磨粉

鼻息のふれあふねむり春めける

一日づつ未来は来たり麦青し

標高の相似たる山笑ふなり

めらめらと百合から百合へくろあげは

毎日見る我が顔暑くなりにけり

田を濡らし秋はじまりぬ朝の虹

爽やかに差しわたる日や朝の芝

登らむかひかりさはやかなる場所へ

雲高きさみしさに水澄みにけり

掛稲や暈の日没りて暈の月

エンジンを切つて秋雨聴いてゐし

ねむれないからだ熱しよ鉦叩

コンビニに頼る夕餉や神の留守

夕風が酸つぱし冬はもうすぐそこ

べつたりと濡れてゐるなり朴落葉

掌の無垢のひかりや冬の草

太陽に愛されて山枯るるなり
首出して雪のにほひを言ふ子かな

青空に白光はなち山眠る

息白く夜の東京に見惚れゐる

光年を想ひて寒し部屋に戻る

春近し本を出してはかたづけて

夜のとほき電車の音も春めける

髪濡れしまま春月を見上げゐる

我等に似る彼等はいづこ春の星

恐竜は蜥蜴に猿は人間に

無遠慮に膨らむ闇や牛蛙

人間に会はぬ日のなき暑さかな

地球に住み地球出られぬ西日かな

朝顔や洗ひしシャツのわが家の香

爽涼やセロリ手折ればしぶきたち

野が空を見上ぐる秋となりにけり

蝶追へる蝶山々は粧へり

ランナーズ・ハイはつふゆのあさひの香

木枯が闇にのたうちまはりゐる
あをすぎて泪湧く空枯峠

澄みきつて昴があらは雪の村

凛々と昴鋭し鷹眠る

星に耳澄まし深雪の木の間行く

Ⅵ　あをいてがみ

二〇一八年～二〇一九年

ポストの底にひしめく宛名春を待つ

冬去りて風呂に髭剃る夕かな

犬と野を歩く植村直己の忌

宇宙にもほやほやのころしやぼんだま

米どころいちめん水や鯉のぼり

初夏や箸生き生きと卵溶く

「パーマ変じゃない？」とサングラスを外す

貪り嗅ぐ黒髪螢見たるあと

山風の畳に覚めて秋めく日

電線と無花果の木とわが家かな

長距離バス待ちゐる孤独ちちろ鳴く

真青なる夜明フロントガラス凍つ

生きて凍えてオーロラ仰ぐ息太き

拝殿の柱芳し初雀

雪嶺に赤光差しぬ初電車

怒鳴りたる胸が冷えゆく春北斗

温みつつ大きな水となりゆけり

太陽へ舟で行く死者はるのくれ

せはしなくあをいてがみを読むひばり

夏来たる天のひかりを田に満たし

雨のよさ言ひあひ初夏の林行く

岩に生まれ岩に死ぬ虻ちんぐるま

水遊びする少年のG－SHOCK

子が銃を持つ国思ふ夏の月

ヘルメット脱ぎ炎帝を睨みあぐ

遊んでゐる奴には負けぬ蛾を払ふ

警察官かちゃかちゃ走り去る西日

「寝よつか」と言へば「寝よつ」と夜の秋

朝顔や優しくなれる小雨の日

さはやかにゆきかふ靴と鞄かな

ころんだ子声がとりまき曼珠沙華

萩咲けり顔の真中がねむたき日

身を細うして秋風がとほりけり

濃きみどり残りゐる山粧へり

すぐねむる町に暮らしぬ天の川

Ⅶ 想ふ名

二〇二〇年～二〇二二年

水仙の花押しあつて前のめり

春光や「深っ！」と少女谿覗く

外気温８℃薄暮のはるのそら
遅き日や竹の葉掃ける竹箒

雨粒を眼鏡にあつめ春惜しむ

水たまりわつしやんと踏み割れば夏

はたらく手指にてんたうむしが来る

にいにい蟬曽良を羨ましく思ふ

臍に汗溜めて鍛ふる体かな

夏果てぬ埠頭を滅多打ちの雨

犬にかほ舐めまくられてゐる残暑

希典忌朝日にけぶる楠見上ぐ

入ることなきビルばかり秋の雲

電話なき頃の逢瀬や天の川

大時化のあとのべた凪九月逝く

十月の島の自転車日和かな

まさをなる大気にふたつ冬の星

あつ流れた星ながれたと息白く

月明の森林あをく凍てにけり

光と風ばかりの林春を待つ

雨粒のにぎはふ水もぬるみけり
灯りゆく家並ゆつくり春になる

股にタオル垂らし湯殿へ春の暮

春の星かほをつめたくして帰る

あしうらになほ湯のほてり初螢

鴉が知る夏の少女の一悪事

撫でられてながくなる猫夏夕

七夕や叶ふと思ふ心美し

月涼し生まれ変つて会へる率

炎帝へギリシャより来し火を捧ぐ

夏星はアトランティスの灯のごとし

向日葵や撮影まづは褒言葉

あらはなる肩にほくろや夏帽子

水に泡ひつぱりこんで泳ぐなり

八月の山の分厚き香りかな

走るときひかるおでこも秋らしく

曼珠沙華雨がふはりとやみにけり

揺れひかる芒よ人の幸せよ

柿干せりダイアパレスのベランダに
短日の詰め放題にむらがる手

スノーボード抱へまばゆき世界見に
おほぞらの尊さに洟啜りゐる

仕留めたる雉子へ馬乗り青鷹

坂道の燦たる光雪解村

日脚伸び今の仕事に誇り持つ

年下の上司と春の夜風を行く

ねむるとき想ふ名のあり春の月

少年の睫毛のやうに蝶敏し

香水に手首酸つぱくして恋は
ひとまはり違ふ恋なり余花の岸

あとがき

『日々未来』は私の第一句集である。

俳句を読んだり書いたりしはじめたのは、二十歳の頃。今から二十二年前だ。つまり当時の私から見ると、いま私が生きているこの場所は、二十二年後の未来の世界ということになる。二十二年という年月のあいだには、いろいろなできごとがあったけれど、そのひとつひとつを振り返るいとまを今の私は持たない。ただ、おりおりに書きとめてきた十七音の日本語は、オルゴールのなつかしいしらべのように、過ぎ去った遥かな時間を優しく揺り覚ましてくれる。夢見がちな二十歳の青年は、日々に勤しむ四十二歳の中年になったのである。永く遠いようで、その実ごくかぎられた眩いひとときひとときを私たちは歩んでいる。

このたびの句集上梓に際して、「鷹」主宰の小川軽舟先生には何度も背中を押していただいた。また、ご多忙のなかで選句や序文等、さまざまにお力添えを賜った。この場を借りて厚く御礼申し上げたい。そして、句集の上梓という夢のような一歩を温かくあと押ししてくださった、中山玄彦さんにも心よりの感謝を伝えたい。「鷹」という潑剌とした俳句結社に二十六歳で出会えたことは、私の人生において本当に幸運なできごとであったと思っている。

雪国の小さな町の道ばたで、偶然私に拾われたにすぎない言葉たち。そんなささやかな言葉たちが、青い地球の風に乗り、だれかの心をやさしくくすぐる。そのだれかはふわりと微笑む。そんなことをとりとめもなく考える時間が、私にとっての至福のひとときだ。

この句集を手にしてくださる、すべての人の未来が煌めきますように。

令和五年八月

南十二国

著者略歴

南十二国（みなみ・じゅうにこく）

1980年12月　新潟市生まれ
2006年２月　「鷹」入会
2007年　　　「鷹」新人賞
2009年　　　「鷹」俳句賞

現　在　「鷹」同人・俳人協会会員

現住所
〒950-3313
新潟県新潟市北区太田甲 5860-2　三條方

句集　日々未来　ひびみらい

二〇二三年九月七日　初版発行　二〇二三年一〇月二九日　第二刷

著　者――南十二国

発行人――山岡喜美子

発行所――ふらんす堂

〒182-0002 東京都調布市仙川町一―一五―三八―二F

電　話――〇三（三三二六）九〇六一　FAX〇三（三三二六）六九一九

ホームページ http://furansudo.com/　E-mail info@furansudo.com

振　替――〇〇一七〇―一―一八四一七三

装　幀――和　兎

印刷所――日本ハイコム㈱

製本所――㈱渋谷文泉閣

定　価――本体二五〇〇円＋税

ISBN978-4-7814-1580-2　C0092　¥2500E

乱丁・落丁本はお取替えいたします。